你是一枚 2020 年中秋的月亮（參見本書第 19 頁）

說出它的紅（參見本書第 24 頁）

墨（參見本書第 62 頁）

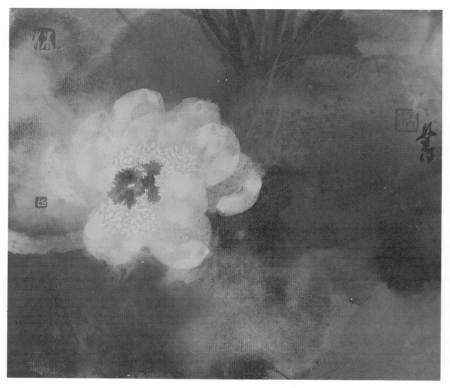

坐荷（參見本書第 78 頁）

以詩受難（參見本書第 110 頁）

無色之境（參見本書第 122 頁）

一月的黎明（參見本書第 130 頁）

把轟烈寫成轟轟烈烈（參見本書第 156 頁）

萍兒詩集：

無色之境

萍兒　著

萍兒版的大地之歌——讀《無色之境》的遐想

彥火

我在閱讀萍兒的新詩集《無色之境》，香港電台第四台正播放德國音樂家馬勒的《大地交響曲》。我自然而然地把這些詩篇與交響曲聯繫在一起。

馬勒並未到過中國，但他讀過中國唐代詩人包括李白的詩，內心的激動如波濤起伏，他刻意要創作這闋《大地之歌》交響樂，交響樂加上唐詩、特別是李白詩歌的元素，令這闋《大地之歌》為之勃然生色。

在馬勒九部半交響樂外，這部《大地之歌》最為膾炙人口。

聽過水藍指揮的新加坡交響樂團演奏的《大地之歌》，女高音梁寧和男高音莫華倫，他們不採用古詩原文馬勒德語歌詞的中譯，而是用保留古音最多的粵語表演唱，使人耳目一新。

反觀萍兒的詩集《無色之境》呼應了整個作品的主題。詩集通過詩人的筆觸和言語，描繪了一種抽象的無色之境，暗示了一種超越現實和感官的境界。這種無色之境可能是一種內心的寧靜、思考的空間，或者是一種追求真理和哲學思考的精神領域，這種主題的存在賦予了整個詩集深邃的內涵和思考價值，也許作者要刻意追求禪的意境。如

作者的《把轟烈寫成轟轟烈烈》所呈現的意象：

用詞牌後的雨滴造一湖春釀
借入夜最後章節的亮光
一株樹木無聲落下
負着星星改寫它的餘生
再前一步
就是天涯
還是那片尖葉
把轟烈寫成轟轟烈烈
把冷夏碎成日落長河
所有往事被賦予了禪
留下淨。
你被月亮牽掛
被虛度喚醒


　　詩人運用簡單的詞語和細膩的描寫，將情感、思想和意象表達得淋漓盡致，詩集中的每一個詞句都經過精心斟酌，讓讀者在簡短的文字中感受到深刻的意境和情感共鳴。在詩作《看海》中，作者以簡短的文字寫出大海的詰問。這種簡潔的表達方式，使詩作更具有力量和張力。


此後。
大海也許一生都在追問
為何那天你的眼裏有彎曲的河流縱身而躍
而不關心
不具備憂傷品質的人

是愛不了太深的
哪怕，僅僅只是愛海

　　詩人巧妙地運用各種意象和隱喻，營造出詩集
獨特的視覺和感官效果。詩集中出現了春天的花瓣、
冬天的病毒等意象，以及對月亮、江河、荷花等自
然景物的描繪，這些意象通過詩人的筆觸和詞語營
造出詩集獨特的詩境，並加上作者的揶揄和批判，
如《桃花》：

俗艷是一種選擇
俘虜天下眾生
膜拜誰的落英繽紛
承受世人錯愛
以為那就是幸福

　　詩人在不同的時間點和情感狀態之間切換，呈現
出詩集的多樣性和變化。有時，詩人展現出對社會
現實的關注和批判，表達出對權力和社會弊端的不
滿；有時，詩人轉向內心世界，探索個人情感和思
想的起伏。這種時間感和情感轉換讓詩集更具層次
和豐富性，同時也展現了詩人的多面性和寫作才華。
　　我想說的是，《無色之境》這本詩集的寫作風
格是獨特而深刻的。詩人通過簡約而精煉的語言、
哲學思考、意象和隱喻的運用，以及時間感和情感
轉換的呈現，打造出一幀幀意境深遠的詩畫。詩集
探討了權力、社會、人性等重要議題，呈現了詩人
對現實世界的觀察和思考。如《關於詩人》：

還是那把玄琴奏出今古的小令
一次次接受蒼鷹的貶低和誤傷
他們熱衷於說着往事互相讚美
雨季未臨世事枯朽如幻
人人都故意不擅辭令
甚至嘲笑勇敢活下來的詩人
騎着黑駿馬的勇士早已庸俗地老去
國色天香的形容詞使人心慌
潰堤成一朵無香的艷麗的花
接受世人錯誤的膜拜
只是一個表達的困惑
母語的深重由一句話定義
熱烈的黃昏
在刀鋒上失血一次也就夠了

　　我忽發奇想，如果有人把萍兒寫音樂性和韻律感的詩篇譜成交響樂，相信將極盡視聽之娛！例如作者在詩作《醒來。與所有無法熄滅的句群》，作者運用了重複和變奏的手法，使詩句的節奏流暢而有力，給人以一種強烈的音樂感受。原詩寫道：

醒來。
微弱的晨光像極一道詞不達意的閃電
一個秋日的上午
我打算就這樣望着天空
想你以及觸摸一叢滴着露珠的水草
將有一片蔚藍升起
安慰萬事萬物

俯視醉心脫離俗塵演練的人們
有明亮溫馨的荊棘
與難免尖銳疼痛的事物
見證一條河流的奇蹟
隱藏半生的瘋狂與荒蕪
所有無法熄滅的句群
墜入山谷回音清脆
朝着你的方向

　　詩集中的很多詩，如浮雲、溪流，作者善於運用韻律和節奏，使詩句的流動如同音樂般美妙動人。這種音樂性的表達方式使詩作具有一種獨特的節奏感，給讀者帶來愉悅的感受。作者通過運用押韻、重複和變奏等手法，使詩句的節奏變化多樣，呈現出一種韻律美和動感。

　　詩作展現了一種清新而含蓄的風格。詩人通過對細節的觀察和對內心感受的描繪，營造出一種寧靜和恬淡的氛圍。此外，詩作中透露出對自然的熱愛和對生命的珍視，同時也表達了對人性的思考和對社會現實的關注。這種清新而含蓄的風格給人以一種冥想和思考的空間，使讀者能夠在閱讀中感受到一種純淨而美好的存在。詩作《你是一枚 2020 年中秋的月亮》中，作者將中秋的月亮比喻為一個特殊的存在，表達了對親人的思念和對美好時光的嚮往：

被最長情的煙火遇見
與蔓延開來的月色一飲而盡

把我和我的空杯子一併寄給你
世界的鄉愁正緩緩地康復

　　我忖，如有一個作曲人把以上所述諸元素加以
整合和提煉，大可譜成聲色燦美而遼闊的「萍兒版
大地之歌」。

　　　　　　　　　　　　　　2023 年 10 月 22 日

# 目錄

i　**萍兒版的大地之歌**
　　——讀《無色之境》的遐想　　　彥　火

**2019**　（1）

3　二月

4　看海

5　倒後鏡與暗物質

6　關於詩人

7　短章二則

8　醒來。與所有無法熄滅的句群

9　季節

10　消息

**2020**　（11）

13　一株嫩綠也是巨大的安慰
　　——寫於病毒猖狂的冬日

14　桃花

15　水仙

16　這個春天攜着疼痛的花瓣

17　口罩

18　雲霧之灣

19　你是一枚 2020 年中秋的月亮

**2021**　（21）

23　成為

24　説出它的紅

25　你有許多名字

26    初句

27    一葉一葉

28    拓片

29    春日七支

如果酒‧所以歌

33    夏日七朵

38    短章一則

39    領舞

40    限聚令：二人

41    七月瘦

42    空

43    秋日七枝

48    冬日七夜


**2022**    （53）

55    元旦。詞

56    立春

57    疫冬七首

61    陌生的河

62    墨

63    後來的事

64    深

65    驚蟄

66    某年的三月連着烽火

67    讀

68    春分

69    清明

70　黑夜之音

71　穀雨

72　立夏

73　五月

74　小滿

75　並沒有說要這明亮的江河

76　唯一

77　芒種

78　坐荷

79　互為峭壁

80　變成你

81　22 日短章

82　落

83　26 日長句

84　仲夏如夜

85　七月

86　小暑

87　道別

88　你要原諒今晚的月亮

89　我將驚動夜色來愛着的地方

90　大暑

91　在你的面前

92　立秋

93　雲霧之灣之二

94　八月的聲音與你

95　一些秋天的詞語

96　　　這片蒼翠

97　　　交付

98　　　白露

99　　　一生

100　　　現場

101　　　讀罷東坡

102　　　我居然開始說話

103　　　賀香江征空

104　　　一條無用之路越過命運的刀尖

105　　　蝴蝶更不討論

106　　　寒露

107　　　與當時的你一樣

108　　　提煉

109　　　依然被一枚微弱的光亮引領

110　　　以詩受難

111　　　霜降

112　　　總有一塊清醒的骨頭

113　　　紫

114　　　秋的第九章

115　　　立冬

116　　　她來得太晚

117　　　歲月的風寒

118　　　樹的十一種敘說

119　　　如初雪

120　　　小雪

121　　　我拎着星光和雨鞋

122 　無色之境

123 　大雪

124 　冬至

125 　你允許寒冷的另一種舞姿

**2023** （127）

129 　元旦。辭

130 　一月的黎明

131 　小寒

132 　而今

133 　深入深淵的深

134 　大寒

135 　初一。吉祥

136 　誰站在道旁低眉

137 　後來。我棄花而去

138 　元宵快樂

139 　黑駿馬

140 　所有人

141 　短章一則

142 　誰。絕不輕易走進那個良宵

143 　一朵山茶花能記住的

144 　最迷人的是

145 　春分

146 　一滴

147 　等

148 　四月辭

149　佔領春日所有憂傷的長勢

150　一些激烈的相信

151　穀雨

152　雨的斜肩

153　才華的匕首將一個夢攔在岸邊

154　在你的眼裏安放一個有五月的春天

155　立夏

156　把轟烈寫成轟轟烈烈

157　一些

158　你攜過往所有沉默

159　彷彿

160　五月的最後一天在很遠很遠的地方

161　「請允許我在你歡笑的地方落淚」

162　飄

163　六月之味

164　夏至

165　盛夏狂熱的大海上

166　如同暴風的天涯海角

167　煙嵐與你憂鬱的雪茄


169　**後記：四季花火，有你共鳴**　　　　萍兒

2019

# 二月

我借用濕潤的青草的嗓音
喊了一聲千里之外
也許還在看海的你
然後我只剩下我
相比於雲霧一直埋沒記憶
我更願意走在鷹的視野中
它。銳利而浩茫識辨不了人類的恐懼
也喜歡偶爾隨一陣風自在地歡笑
記住從春天開始的虛無你的熱愛

2019.2.22.

# 看海

此後。
大海也許一生都在追問
為何那天你的眼裏有彎曲的河流縱身而躍
而不關心
不具備憂傷品質的人
是愛不了太深的
哪怕，僅僅只是愛海

2019.3.16.

# 倒後鏡與暗物質

打開車窗
天空落下的水花與鏡子激烈推敲
潮濕的落葉紛紛奔向一口深淵那裏竟有明媚
的光
所有的風物往後退
人們漸漸離開四處都是方向

草木上鋪着厚厚的傷
一邁步遍地都是世情
讀不懂的由暴雨來洞穿
說吧誰不是芸芸眾生
來不及更改情節試着將餘生的眉宇重塑
人間的每一滴淚都流往大海
哪一縷晨曦配得起雄鷹飛過的天

2019.4.19.

## 關於詩人

還是那把玄琴奏出今古的小令
一次次接受蒼鷹的貶低和誤傷
他們熱衷於説着往事互相讚美
雨季未臨世事枯朽如幻
人人都故意不擅辭令
甚至嘲笑勇敢活下來的詩人
騎着黑駿馬的勇士早已庸俗地老去
國色天香的形容詞使人心慌
潰堤成一朵無香的艷麗的花
接受世人錯誤的膜拜
只是一個表達的困惑
母語的深重由一句話定義
熱烈的黃昏
在刀鋒上失血一次也就夠了

2019.5.17.

# 短章二則

## (一)

與幾塊石頭對談
世人堅持頑強地留有餘地
也說響往奔向閒雲
或共度風荷
深淵處的一箭擊中
一川一樹都成謀略
而它們。默默地商定彼此的眼神
用灼熱的一生奔向對方

## (二)

無人撫琴
夜晚愈發昂貴

2019. 某日

7

## 醒來。與所有無法熄滅的句群

醒來。
微弱的晨光像極一道詞不達意的閃電
一個秋日的上午
我打算就這樣望着天空
想你以及觸摸一叢滴着露珠的水草
將有一片蔚藍升起
安慰萬事萬物
俯視醉心脫離俗塵演練的人們
有明亮溫馨的荊棘
與難免尖銳疼痛的事物
見證一條河流的奇蹟
隱藏半生的瘋狂與荒蕪
所有無法熄滅的句群
墜入山谷回音清脆
朝着你的方向

2019. 某日清晨

# 季節

虛構完自己的一生
此刻與濃烈陌生的結局對視

2019.11.30.

# 消息

被呼喊過的人身後都飄起了雨絲
我喜歡你終於高過夜晚

2019.12.18.

2020

# 一株嫩綠也是巨大的安慰
## ——寫於病毒猖狂的冬日

從四面八方出發
如奔騰的河流
恨筆下詞語過重
逆着時光行走於病毒猖狂的冬天
真正的英雄個個沉默
浮世可揮霍的悲壯又有幾多
漫過的萬水千山任誰一一展銷
一些人妄想苟活而一次又一次地倒下
一些人勇敢向死而一次又一次地站立
一些人來不及負疚
一些人來不及講述
病毒叫病毒不叫武漢
遙祝江城擁抱世界
星夜兼程
到處都是勇敢的風雪
乘着光的白衣天使
一株病毒足以淹沒一個春天
一樹嫩綠也是巨大的安慰
我們將足踏繁花
在春風拂面的橋頭相見

2019.1.27. 於庚子開年正月初三

13

# 桃花

俗艷是一種選擇
俘虜天下眾生
膜拜誰的落英繽紛
承受世人錯愛
以為那就是幸福

2020.2.1.

# 水仙

半開半閉互相美化
掀起一場藍色對峙
妄想製造細微的海嘯
從不簇擁從不喧嘩
無視自己的倒影決絕轉身
比迴避一枚病毒還要艱辛

2020.2.1.

# 這個春天攜着疼痛的花瓣

即將打開密封的靈魂
我躺在你的蓮聲裏
曾經的悲傷輕輕被藍色擦拭
不僅一次
透過現代文明的玻璃窗
領悟維港不小心流露的深重
你沒有掌握密碼
卻總想研製一部秘藉將它裝訂成冊
獅子山的眉眼應該遼闊
我探索着你的詩行
走進你苦難的內心
那裏有抽象的盟誓
伴隨一組拙劣的比喻
我開始整理季節的秩序
先來的春天攜着疼痛的花瓣
我想到辛稼軒的挑燈看劍
蘇東坡的大江東去
春風已經凜冽了好幾回
他們理解不了岸上垂淚的人
坐在暗處企圖主宰光明

2020.2.4. 立春

# 口罩

遮掩一切容顏
善的、美的、
熱烈的、冷漠的
以及其他……

遮掩絕色如春
遮掩惶惶眾生

一邊淨身一邊蒙塵
若遠若近的聲音中
有最純粹的叩問
我們羞愧地活着
甚至不敢開口

自從以你為護身符
連路邊的小草都有了心事
與飛鳥一起飄過
天空有所謂的理想
幸好。
還有你的睫毛萋萋

2020.2.10.

# 雲霧之灣

自從別後
晚風依舊珍藏着她的芬芳
到處都是被喚作我的你
到處都是被喚作你的我
有一條河叫梵歌之河
有一個灣叫雲霧之灣
在一種薄醉中禪定
在一道傷痕裏療癒
有人出走
有人歸來
有人。甘心被一則傳說囚禁
而後任由彷佛的寓言命定

2020. 某日

# 你是一枚 2020 年中秋的月亮

被最長情的煙火遇見
與蔓延開來的月色一飲而盡
把我和我的空杯子一併寄給你
世界的鄉愁正緩緩地康復

2020.10.2.

2021

# 成為

不能再往前
再清醒。
寫給你的那句
將成為江，成為海，成為利刀
這個春天的陳述
依次歡悲逐一安頓
時光給予此城
一個浩瀚無邊的叩問

2021 的春天

# 說出它的紅

在我的身外
不停描述
塵埃一樣的人世
一片葉子落下來
又一片葉子落下來
彷彿悲傷多麼容易散去
陽光粉碎臉上的寒露
你一路的風霜有人收集
暮色聚合
無人阻止
越走越深的夜

2021.1.2.於香江紅葉快線

# 你有許多名字

劃一道傷
抽出昏黃的筋骨
以長調保持料峭身姿
收集雲深和歲寒
誰只能憂傷地。遠遠看着
你有許多名字。
我只記住了一個

2021.2 月的一個黃昏疾寫

# 初句

請涼夜寬恕
我詩疾不斷
暗是黑的初句
何苦凝望
悠深至此

2021.2 月的最後一天

# 一葉一葉

遇見你火一樣的靈魂
我請來藍天、瘦枝、鳥兒
寫一封信給你
調整站姿替我落款
用有意義無意義的填充
任痛落的經歷
一葉一葉地刻劃

2021.3.13.

# 拓片

選擇與一顆星星熔練共生
這樣才能。
逃避海水洶湧的問候
雨止時默默
浪起時磊落
盡管我努力收集
每一陣微風徐徐的拓片

2021.3.19.

# 春日七支

### 第一支

半醒的霓虹如落了一闋薄霜
人間有寂冷寥落之美
值得我們顫動夜色
有些段落。已經發生

### 第二支

暮色斜一任花海漫捲
伊的脈絡
相思染盡
立於天光水色間
手握千詞不敢讀你
震耳欲聾的寂靜
滔滔不絕的沉默
都回歸煙火。
你問及一條河流的走向
行囊空空木魚聲聲
誰。提着春天來見你
——同致有趣而高潔的靈魂

## 第三支

我聽到千軍萬馬般
陣痛的蝶翼和一個故事
由於過於濃重
而虛張的聲勢
誰會如你般
辛勤搬運黃昏
使所有物事失色
瘦。而拘謹
舊曲鑄成劍
世間由此多了潔淨

## 第四支

讓她說出紫
或者繼續下沉
從此岸
蹈一場生命之火
倒空滿杯的往事
蝴蝶奮力飛翔
是你復活的模樣
起風了
第二支最後一行
洶湧到天明

**第五支**

把你盛在一隻精緻的杯子中

努力活過白天暗夜

以一生的時光

最後一滴

彳亍於第四支未盡處

匯成汪洋

醒來血液恢復流動

火一樣的靈魂

一同復蘇

冰冷於

舊年的雪

——漫長的第五支

**第六支**

結束這樣迅猛

結束這樣疾速

結束這樣的開始

結束這樣的結束

蝶在蝶中

夜在夜裏

我們錯失的

憂傷的反義詞

無典故後現代主義

我們不談的
都太虛妄

## 第七支

少年還在忘川之岸
不是詩人
詩意的燃燒已足以
將成為江，成為海，成為利劍
這個春天的陳述　小心翼翼
逐一安頓
走近你時將
一盞春風一飲而盡
我們相約的四月
繁花開滿月亮之上

2021.4.26.

# 夏日七朵

### 第一朵

你說我是一株植物
一束被證明的無
所謂綻放
以踩碎
今生給你的詞語存在
剪舊春日
所有明天的決定
都已經太晚

2021.5.1.

### 第二朵

是你嗎
那一季夏夢
點亮蒼翠之處
癡迷於
你那一絲微笑

33

從此
深知一朵花開的力量
千年孤寂


2021.5.6.


## 第三朵

從桃紅説起
你早已把自己
交給這片土地
我曾有一段石板路
等你歸來
無法確認靜物的跳動之美
你的畫筆
一場如夢的誦讀


比如葉片 比如蝴蝶
研墨。忘了提筆
我潛入我自己的經年累月
少年還在對岸


2021.5.9.

## 第四朵

比你眼中的山水濃烈

繾綣着枝蔓的眉宇

花朵有花朵的故事

隱約有起伏的紋理

盛夏已經長在渡口

一場極夜

在萬語千言與賦予意義之間

2021.5.24.

## 第五朵

彷彿要取盡遠山的詩意

等待一場更遼遠的敘述

夢中令人怦然的牧場

我只能從今夜的涼月中出走

風在送風 雨在別雨

喜歡你

手拿着傘

行走於泥濘

和污濁的雨中

虛構一輪圓月吧

五月的盡頭，看花瓣淡淡地落

2021.5.25.

## 第六朵

莫名墜入晚星的思緒
你闖進新夏的容顏
剷平時間的靈魂
保留一個傷口恰當的鋒利
以及痛楚
把自己交給靜止的空氣
你是我始終無法等待的綻放
與寂寥的山巒一起
立在思念的橋頭

2021.5.30.

## 第七朵

失散的華年
留給秋月
給深愛過的生活
漫捲烈風　催促山雨
舉起杯子
你挺拔的骨骼
並非要向你表達什麼
「你如同憂鬱這個詞。我喜歡你是寂靜的」
五月如何消匿
有一個五月

跟隨一簇簇的
春
　　　夏
　　　　　秋
　　　　　　　冬
與第五季
兀自奔向明媚

　　　　　　2021 年五月的最後一天

# 短章一則

夕照把自己推進海的底部
追逐的風揚起各種各樣的情致
一切默漠彼此深愛

2021.6.12.

# 領舞

悠長的想像
經不起藍天的告白
杯中的禪意日夜熬煮
你構成歲月
與近處的帆遠處的火
取其中一勺錘煉
領舞沸騰之夏

2021.6.13.

# 限聚令：二人

確認世界要很擁擠
才突顯受苦的意義
每一天的笑容都是新的
每一天的孤獨都是舊的
限聚令：二人
燦爛需要更多嗎還是更少

2021.7.29.

# 七月瘦

七月的結局無人收拾
你是我為黑暗藏好的一部分
沒有良藥讓歡樂痊愈
有時。海瘦到載不動一隻水晶杯
時間是深淵的旁觀者唯一的心事

2021.8.1.

# 空

空瓶子空着
空瓶子傾斜
與之匹配的詞藻
在它的內部
詩和詩一直待到天亮
待到越來越遠的童年
長大成人
你後來是被自己尋到的
那一刻終將來臨
來自四面八方

# 秋日七枝

## 第一枝

以秋日為落幕的皆為風動
我從不正視你眼中的謎
站在你門口的秋神色憂鬱
一片不願意談悲喜的葉子
躍下了鮮明的風骨

2021.8.12.

## 第二枝

在想像中描摹
多雨的季節每一片雲層都有名字
走近時群山挪移
接受海風響徹後的長髮及腰
走過無數人次走過的荒蕪
以及搖晃的全部
瞭解萬物的平庸與邊際
甚至聽到愈發光澤的言語
竭力接近天真

這一切都發生在第二枝
空靈的多情
流淌的血脈

2021.8.

## 第三枝

所有的悲歡
似曾來過
不曾來過
經過山、海
石頭與堅冰，烈日與霜雪
經過反復不曾的生活
執著於凜冽的意義
我們找到珍貴的眼神
閱讀彼此明亮的部分
不同程度的深淺
把寒冷的時光輕輕披上
你說，
都不是第三枝

2021.8.19.

## 第四枝

目光曾及
有意無意忽略的美
平分秋事
山高水長
這時的幸福有幾十米深
一公里遠
岸在岸外
風已放手

2021.8.

## 第五枝

———沒見過你的人不會明瞭

相比於雲霧一直埋沒記憶
我更願意走在鷹的視野中
它。銳利浩茫辨識不了人類的恐懼
八月之末的微涼與鋒芒
誦讀范仲淹，或者李白
走出巍峨廣袤的夜
一種念想被詩句的塵埃攔腰斬斷
記住從秋天開始的虛無你的熱愛

2021.9.

## 第六枝

秋天也將結束
可是。一些綻放還來不及
一些花兒還在開
我關心
清晨遇到的那片葉子
還疼不疼
更擔心
經過的飛鳥能否最後叫醒黑夜
他們的眼神裏
含着生。活。
**轟轟**烈烈
誰在喊
誰在忍着劇痛
漫天星斗

2021.9.11.

## 第七枝

我的牧歌和羊群，
還有黑駿馬
萬朵雪蓮
可否贖回你的笑容
夜夜聽到
維港的心跳

近了又遠，遠了又近
不知道　如何
遠了又近，近了又遠
如何
阻止自己的第一行詩

2021.9.

# 冬日七夜

## 第一夜

無言之中
成就杯滿之約
置身於萬盞燈火
再也不會被風吹散
仍有一朵落花
不想提起
是某個時光裏的停頓
那麼多笑聲
一片夢景呈在眼前
也許不知道一棵樹 一條河流
將經歷什麼
飲盡今夜
與一些往事坐在一起
星月低眉
一個遼闊的世界

2021.11.9.

## 第二夜

秋色已冷
我們忘了悲傷
也許因為太單純
也許只是一種氣味
所以離開，猶如深雪

## 第三夜

一些事物失去定義
總想暗喻一條溪流
臉上有深不可測的靜寂
一陣風
又一陣風
我被我們分開
太陽是在凌晨五點鐘升起的
眾生有時失憶
今日起不分彼此

2021.11.25. Thanksgiving Day

## 第四夜

在越來越寒的秋風中
放下。放下。
無法醒來的，烈馬冬野

就待在夢裏。
詩的湖泊
也曾大雪紛飛
你的人生
長成今夜的樣子

2021.11.30.

## 第五夜

那麼多鮮艷的命運前赴後繼
風中留下蛛絲馬跡
一再刺痛風霜的脊骨
總是鄙視陳詞濫調
甚至恨不得搗碎那片虛構的花園
大街小巷開滿笑臉
雄鷹的佩劍
斬謝一切腐朽
越陷越深的眼
痛飲一千壇寂寥的酒

2021.12.4.

## 第六夜

再深
就是第七夜了。

收藏好自己的每一片雪花
必須無聲
莫測的江山
淌過一位水質女子的
長髮及腰
天會亮的

2021.12.8.

## 第七夜

想起第三夜出類拔萃的冷
我曾站在疼痛的對面與你辯論
忘了自己就是疼痛的一部分
他們一定沒有見過你凜冽的笑
要不然
怎麼敢說出這個冬天

2021.12.9.

2022

# 元旦。詞

應有足夠的膽量擔起盛開的滾燙
舉起燈盞的人
才配擁有高貴的詞
一層冰暫且鎖住春光
我終會忘記所有的名字
所有花草樹木
與你走過的千山萬水
我是空裏的藍
有一天
我又記起一個名字
淚如花雨
冬月漫長
今日是它的一生多出來的那一天
春風若你
起風了。我愛你

2022. 元月元日

# 立春

門徐徐掩上
擊中暮冬的孤獨
沒有比你的等待。更爛漫
紛飛的雪一直保持美麗舞姿
但終究沒有落下
不小心跌落的紅
與草木的新鮮明媚
始終堅貞
行往二月的步履挺拔紊亂
開吧　春天

2022.2.4. 壬寅立春

# 疫冬七首

## 一

總有眼睛
一遍又一遍看穿人世
有些話説了一次又一次
有些話永遠不説
崇山峻嶺正對你微笑
我只和鷹討論過
關於飛翔與停留
關於眾生與慈悲

## 二

我來早了。
清晨、陽光、臘梅
都等着與春天一起奔赴
大概你有你的深情
在每日藍夢升騰的地方
輕輕唱着牧歌

## 三

14。又 14。陸續有人加進這個夜晚每個人都
在被隔離包括呼吸空氣原本自在的風找出一
張空白的宣紙請教蘇軾義山隔離的詩怎麼寫
白晝是黃昏的證據經由夜黑來修訂咫尺隔離
天涯為了更深地相見一絲靈魂的顫慄伴着童
謠掠過長勢喜人的心傷

## 四

有人不分晝夜
洞察你的前世今生
你不經意帶走花兒全部的愛
而。大寒將至

## 五

多少個雪天。
有時那麼猛烈
輕輕一看
能看到冬夜
看到無數的茫
這裏的風
依然凜冽。
你在哪裏
雪就落在哪裏

## 六

我喜歡你古舊一點
最好披上那幀藍衫
臨風一立冬已過境
我喜歡你憤怒一點
眼裏有山海般的咆哮
轉過身時一語不發
我喜歡你安靜一點
笑裏有深刻的皺褶
孤絕如佛前的蓮燈
揀盡寒枝不肯棲
你平生的溫柔和苦愁

## 七

凝。結

凝結的凝
凝結的結
你們永不分離
誰提醒過玫瑰的火
如詩的骨架，血肉
一層一層的文字光陰
發誓、擁抱。

沒有任何幸福場景可以稀釋
封凍的小河等一場冰裂
我能告訴別人的
只是味道的拯救
有你的春天

2022.2.6.（這首詩獻給二位心靈摯友）

# 陌生的河

一些人指定雲為雲
抬頭總能看到藍天
還記得有過月有過樹梢有過無邊的長廊？
時間在虛境中增添了一段不明履歷
陌生的河等待新詞的救贖
所以人的困頓在於
如何走出自己

虎年正月十二（2022.2.12.）

# 墨

這個春色調的墨
不只一次提到暗
由晨光稀釋終不達意
有未寫出的部分
那時她羞赧喜歡輕
只響往飛翔
趕路的人
總以為自己身陷悲劇神色慌張
想向他們借一座雪山
讓雪把雪痛快地落下
你在離開的第十三個夜
成為黃昏的最後擁有者

2022.2.13.

# 後來的事

不需記憶
每次遇見都新鮮
哪怕躲着同一個病毒惶恐
星星無數在亮起
其中有剎那的歡喜
春暖花開
是後來的事
說不出更多的話時
我又開始寫詩
凝望總是最好的樣子。
越深，窗外越美麗

2022. 元宵

# 深

告訴我
你的潔淨
告訴你
我的幽憂
於同樣的暮色彳亍
負傷的鷹跌落往後的人生
誰的山脈綿連脆利
劈開最初的霞紫
時間在走，在飛
此意深重
你的擁有也是我的擁有
你的失去正是我的失去

2022.2.25.

# 驚蟄

冷霜依舊負隅頑抗
春在枝頭虛張聲勢
一場雪，從三年前的冬天出發
一直還未到來
人間將因你而少雨
餘生閱盡
憂鬱那麼快樂
寫下一些失序的字
在驚蟄的白天或者黑夜
追問一首詩完成的可能性
然後證實它的不存在
短暫的春雷有飛翔之美

2022. 驚蟄

# 某年的三月連着烽火

消毒水與微笑
所有的悲喜龐大如微塵
有時落力取悦凡間
我們在各自的深潭裏奔跑而憂鬱
我們被囚禁在結束不了的內傷中

2022.3.10.

# 讀

一座城市的成長史
有雁飛、樹影、蝶舞
寒煙和冷雨曾勉力修持
琴音中的千軍萬馬
揮斬多餘的浪花
你永遠不是寂靜的
藍。將降下來
我決定在仲春之月的每一天
愛你一遍

2022.3.11.

# 春分

木棉花開了
許多花開了
一些花開覆蓋另一些花開
在你愛着的時候
除了燦爛，高傲
還有一些低垂謙卑的事物
向下，婆娑。
它們發着潔白的光，走向原來的樣子。
你在讀的那本書
突然於最後一章寫滿春日的慈悲
長在哪裏都能活下去的花木
它的簡潔乾淨令人心動
佩索阿的春夜月亮高懸
這個三月我生活的南方
美與蒼茫往往重疊而至
有時看不清彼此一生都在破解
春已過半風有不同面容春天該責備誰
都可以忽略

2022.3.20.

# 清明

從人間的側門經過
大地正接近蒼茫
我坐在皇后大道東的台階上哭泣
星星墜於一場急性夢魘
霧繞蒼穹彌漫着告別的氣息
我離去的親人躺在大山多年
他們熱愛的事物依然鮮活靈動
從極晝走向極夜
生命巨浪的殘骸中有許多誕生
雲朵飄來
「結束和開始都飄落在我的身上」

2022.4.5.

# 黑夜之音

黑夜撤回它的轟然巨響
眾生之美
在暗紫暗紫地老去
一些猝不及防的人世剎那間
以及你的聲音。此刻的憂傷
相信不只我一人聽到
恍如四月

2022. 四月

# 穀雨

每個章節都安排好
墜入晚春的深谷之雨
前赴後繼
一株一株
一縷一縷
滴落在春日的末端
彷彿到過世上的每個地方
有時被一片尖葉刺痛
是否重新取一個名字
像最初的那道啼哭
我以為只有我看到雨一直在下
春日離開自己盡於無數的復活
與一棵樹並列
從此成為信仰

於壬寅（2022.）穀雨

# 立夏

沒有一個夏天能深入故事
疼痛隔着冬天跋涉而來
無限接近雨
立一個夏
安頓五月的密語與細節。
陽光照到的地方總是那麼薄涼
你用燈火溫習暗處的喜悦
又讓隨意的風膜拜冷酷的夜色

2022.5.5. 立夏

# 五月

微涼而相似的孤獨
是你愛雨天的理由
這人間的雨還在練習
縝密與垂直
以全部的墜落
奔赴你灼烈的盛年

2022.五月某日

# 小滿

往滿的地方遷徙
還是留一點空
離你更近些
離月兒就遠些
棗花已落
一片幻象置於紙上
如漫天星辰
我把今日夾進書頁
一些花木不在意秩序
也無需相認
它們互為餘生
他們互為今生

2022.5.21. 小滿

# 並沒有說要這明亮的江河

當我說五月時其實在說故鄉
欲言未止的悲傷
夜與夜的間隔裏
我接受這春風浩蕩
將夏未夏
與。你

2022.五月某日

# 唯一

每一個晨昏
閱讀誰的歷史
歷史中
遇到唯一的英雄
與無數的英雄
或是仰天長笑
你有那麼多的故事
撥動一盆火的半生
比襌孤寂
比雨纏綿

2022. 六月某日

# 芒種

你在替誰來愛我
挨着山的那片雲說
已經寫到芒種了
你還沒來
夏天的風變得陌生
不知為何總提及原野
與被少數人深深喜歡的細雨
我不擅長走在人群中
始終想遇見
天真如孩子般的你
然後讀第十一頁的兩句詩
給你聽

2022. 壬寅芒種

# 坐荷

就像坐在一片荷上
貪戀有你的人間種種
他們説，相擁在屋頂的是兩片年輕的葉子
它們準備隨時從枝頭墜落然後於秋天涅槃
闖入一盞燈的人最了解時光的虛無
天就黑了
幾行草書的奔赴不可辜負
作為回答
它被久久束在一隻杯子的靈魂裏

2022.6.16.

# 互為峭壁

許多流言
驚覺自己驀然碎了
總有看不見的風
輕挽你手
擦亮天空之窗
以曠世驚艷
保持你堅貞的品質

2022.6.19.

# 變成你

你搖晃半生風雨
慢慢飲下虛構的秋色
漢字紛湧找不到一個字
然後變成樹
變成你

2022.6.20.

# 22 日短章

我要躲進你無法靠岸的歷史
依夢境搬運你內心的山川湖海

2022.6.22.

# 落

只要想起一生錯過的事
夜就靜靜落了下來
忘卻非詩意的無限接近
十四行、十二月都拯救不了
但，這不包括
我對秋野蒼涼而唯一的愛

# 26 日長句

下一個季節下一首詩將寫到你寫到我寫到
我們寫到多年以前多年以後寫到崢嶸歲月
何懼風霜雨雪

2022.6.26.

# 仲夏如夜

在燦爛停住的仲夏夢夜
你笑着
迷人的眼神成為所有人的心鄉
有一個春天
曾被鮮花遺忘
又深陷於一場花事
蝴蝶並不知曉
趕在下雨之前
攜一枚你的聲音
去奔赴。刀山火海上有一彎明月
也聽得見

於 2022. 仲夏夜

# 七月

並感受七月全然的熱烈
尖銳的風聲先於你抵達
今天的雨和你詩裏寫的一樣
有時必須捍衛一個清新的早晨
它帶來的陽光也許是淡藍色的
像多年前的一場刻骨目送

2022.7.2.

# 小暑

以她的方式徐徐來臨
第一縷陽光也照耀晨的第九章
烈日灼痛有着各種意義
盛夏漫長而清傷
你在寫詩
你在路上
小暑
不說話愛極少數的人

2022. 小暑

# 道別

這裏有你修行的每一塊堅強骨頭
有悲泣之聲
歡樂之水
寫到第四行時
你聽從暴風雨也默許菩提樹
第三個冬夜來臨之前
這座城市將因你的道別
刻意晚到
斟下的半杯
是雲霧之灣
也是靈魂之火

2022.7.9.

# 你要原諒今晚的月亮

一口氣從夢裏圓到夢外
原諒大地的渾濁
花朵不開
原諒沉默有時是沸騰的愛戀
有時是致命的指責
離開眾人的仰望那麼久了
我迎着你往回走
走了很遠很遠
很遠很遠。

2022.7.13.

# 我將驚動夜色來愛着的地方

她的隨波逐流她的思想颶風
狂奔式的義無反顧與身懷自由舒展的技藝同行
夜的骨血深沉似海憂鬱成石
靈魂被語言的刀鋒割裂後頃刻得到安撫
現實擁擠的風一直在敘述。
無法寬慰
比虛無更虛無
是今夜的高級命題

2022.7.20.

# 大暑

沒有哪一片雲不成為過去
荷花蛻變成玫瑰只存在一種可能
炙熱下走動的人群
是一座語言的迷宮
與烈日有關的靈思來自博爾赫斯
已經搗碎過許多彩虹
以純淨的漫長
讀舊年的句子
讀隱秘的露珠

2022. 壬寅大暑

# 在你的面前

沿着維港的涯岸走
烈風的故事撲面而來
漫漶過你的盛年
也許我對海的理解並不深刻
一個仲夏的傍晚
我嘗試與星空交談
就這樣在你的面前
看着你的眼睛聽蟬的鳴叫
想着你

2022.7 月之末梢

# 立秋

夏轉身而逝
每一道彌漫
亮了暗了
暗了亮了
時間的另一側
倒影着錯過的無限
今日成為將來的往事
許多段落、生活
被隆而重之地忽視
我們需要一場形式上的秋
像往常一樣從一棵樹下經過
小雨剛好落下來
與海的磊落一起
我曾相信
落葉的相信

2022.8.7. 壬寅立秋

# 雲霧之灣之二

比颶風靈動
比驟雨長情
凋零的時候
恰如一個人的風景
靜靜端詳自己的榮枯
大部分不可直視的尖銳事物指向炊煙
多年前的琴聲也是
我所經過的春水、秋寒
日、月、星、辰
都愛着你。
搖晃的雲霧之灣不為人知
她把歌唱完。他把舞跳完
期間蝴蝶翩飛
有一首詩下落不明

2022. 八月

# 八月的聲音與你

把自己站成峰頂孤絕的風景
一起經歷晝夜的低啞呢喃
給出生在烈日午後的人
讓出一條蜿蜒滾燙的小路
比一萬年更長
互為虛構互為夢醑
既為參天大樹
痛失過帶刺的葉子
聽到歌聲裏的風沙
聽到千軍萬馬般的心跳
八月獨醒繁花齊醉
越過這片山丘
心中就長滿了你

2022.8.19.

# 一些秋天的詞語

就在此時發生
天色最陡峭之處
聽一聽狂狷的風聲
大海暗示雲朵
除了這個深陷的黃昏
鮮花、青瓦、明天都是你的
「隨它去吧，我們注定擺脫不了」
你終究寫到了駿馬揚塵、落日轟鳴的一天

2022.8.24. 起風了

# 這片蒼翠

總喜歡往很遠的地方看
如果感到痛
就和斜陽一起飄落
人太多
左行的第三株儲藏了整個大海
那張椅子還在守候
枝頭有鷹果斷地掠過
她又一次說到了「我」
可見她對這片蒼翠多麼陌生

2022.8.26.

# 交付

醒來的九月
交付你三樣東西
陽光、夢絮與搖曳的花仙子
你兀自前行
風兒沙沙眷戀
日斜歸去白夜跌落一地

2022.9.4.

# 白露

是一夜一夜變涼的。
也許白晝奮不顧身
皮膚阻擋的陽光依然猛烈
我的句子被釘在一縷剎那的氣息
點燃自己
不怕在冰裏呆得太久
使用孤獨太多
再
深的愛
都必須在凌亂中頃刻完成

2022.9.7. 白露為霜

# 一生

似水流年
比昨日更憂鬱一些
刻舟的旅人
將攀登夜色視作一生
綠皮列車裏詩人淺吟古道秋風
是誰舊夢未醒
撕啞了荒原三百首
我空有萬里的流浪
與藏在兩肋間如尖刀的自問
我在我缺席的對岸
高歌猛進一站就是千年
像你歸來那天一樣
不說話。或者低語
潦亂的章節未及整理
看見很多的星星
愛極少數的人

2022. 九月某日

# 現場

也許因為太遙遠的緣故
每一道光
都製造着你在的現場
放棄了掙扎
這是今日暮降湖面最幸福的事
那時人間隱約如晦
那時沒有你。
當有人說苦是一個虛詞時
愛戀如蝶迎面飛來潔白

2022. 某日秋夜

# 讀罷東坡

融入每一日的塵埃
向明天學習豪邁
昨天的傷繡在昨天的傷上
月亮那麼近
我們一直走着

2022.9.

# 我居然開始說話

以為走錯了地方
以為只有這個秋天可以失去
如何記敍一個黃昏
在夏天。隱藏起所有的光影
哪天起
我居然開始說話以蝶為由
重新活過來的是長長的街道
還是濃濃的夜黑
似有輕輕的啜泣
又有猛烈的寂靜
「後來她變得越來越美
自此不相逢」
九月快要結束了

2022.9.28.

# 賀香江征空

在 30 度看旗海壯闊
攀上高升的理想樹梢
一鳴驚人的妙想神思
那麼多奮鬥的汗水與果實
以及我放不下的人和事
正等着十月認領
從此你的名
不僅仰望星空
重新開始相信燦爛的事情
一根線索已足夠
撐一片最遠的藍天漫步
宇宙的盛宴
伴隨東方之珠
逐夢的詩句鑲滿金色夜空

2022.10.2. 夜

103

# 一條無用之路越過命運的刀尖

從語言的枯枝敗葉破繭而出
全部的空曠被一場季候的變革佔領
一條無用之路越過命運的刀尖
經過一個夜晚的黑暗覆蓋後
美之於它
從來沒有真正的流逝。

2022. 重九日

# 蝴蝶更不討論

它服從於飛翔
秋葉盡時
有些事物入了冬
有些。入了詩
不適合的
迎着輕塵訕笑

路沒有改變模樣
石岸的性靈一直在說
一起年輕
一起陷入
她們突然燦爛
零星的腳步踩出真象若干

2022.10.7.

# 寒露

但她依然不能理解秋
為什麼需要走這麼遠
才懂得擁抱涼
不愁衣單
多少細碎的悲傷與熱愛
匯聚成深重的紫
「木槿花啊在月夜低頭」
掙脫了眾目睽睽
舜華如畫
咫尺之間有了風景
教給這滾燙一些溫柔吧
寒露與更深牽手同行
我們笑
而無意義

2022. 寒露

# 與當時的你一樣

總以夜行致敬生活
而我始終站在原點
忘了曾經在一個稀罕的詞裏如何相愛
是什麼。讓他們如此憂懼冬天的到來
「他寫給她的詩，她從來不看」
念及雪落的聲音時
她一頁一頁地刻畫
但她從來不看。

2022. 十月今日

# 提煉

一點隱痛
多次復發
用好一次又一次的冷酷
幾聲啼哭
提煉舊的夜色
黑駿馬奔馳而來的風暴
如彎刀與懸浮
多年前
夢裏千軍萬馬
日出緩慢而悲壯
你選擇在岸邊
還是湖邊發生

2022.10.12.

# 依然被一枚微弱的光亮引領

哪一朵更憂傷
沒人在意
精通另一種言語的我
突然明白了我
必經的艱難劇烈的人間
已然度過數個春秋

2022.10.14.

# 以詩受難

蹈入深不可測的江湖陷入愛的無意義你的
內部清涼而寧靜。
我以詩受難這是我的全部修行

2022.10 月

# 霜降

再一次寫到你
世人給你的名字似有弦外之意
一個人扛起的命運
堅貞而輕寒
我想念她的暴雨和怒江
風把一些事物吹往冬天
十月的陽光被淡泊暗傷。照着空無
霜信如期而來
枝葉的倦意有過刹那明艷
一滴凝露斷送了秋天
你有天涯
可供浪跡
我有維港
可納萬愁

2022. 霜降

# 總有一塊清醒的骨頭

無名。
忽然聽到遠處的糾纏
那是一支要唱十二年的歌
一排，還是一棵
都曾被秋風舉起
雪將無雪
當然，那絕不是一個秋天

2022. 十月某日

# 紫

也做過夢。
誰在忙碌。誰在弄丟今秋
已經到過的地方
都是故鄉
月亮落了下來
杯子還在和星星説話
漫天的紫
你的憂傷
你的憂傷
漫天的紫

2022. 十月末梢

# 秋的第九章

我和烈風之間有隱秘的約定
時間掠過世界粗糙的一面
以及精緻而小心翼翼的眼神
花落花開人跡罕至
它繼續綿長的倒敘
桀驁的細紋跟隨海浪走入深藍
那都是身外之物
另起一行，
氤氳成今夜長詩的懸崖

2022.11.1.

# 立冬

試圖模仿一棵樹
成為海水，還是
熟知你的花期
趁黃昏還沒入夜
見過。
漫長的等，需要重傷
「你是人間配不上的擁有和失去」

2022. 壬寅立冬

# 她來得太晚

故語炊煙
初冬他回到他的地方
血月
我們回到我們的地方
她來得太晚
她來得太晚。
月。血月。誰在其中。
她在。在

2022.冬季某日

# 歲月的風寒

冬陽扼住你的胸口
蒼鷹於江邊止步
我們奔赴千里
以歌取酒
卻總也解不了歲月的風寒
還有愈來愈迫近的
記憶的濤聲

2022. 十一月

# 樹的十一種敘說

你我所謂的命運
其實就是雙手共執的某盞隱忍燈火
異鄉的雨雪記憶像車廂一節又一節
來到十一月的樹有十一種敘說
試圖往大海深處尋找出口
潮汐退出靜謐
一些所不能解釋的
群山正追逐我們

2022.11.17.

# 如初雪

「我在屋外的黑暗中」
一匹駿馬先於枯寂降臨
一直在窗前，很久了。
是關於人間的修練
有時坐看雲起
有時艱辛卓絕
後來你一直談及理想
頑疾與煙火或隱喻式的對話
今晚應該讓某些意義缺席
至於那些未盡之句
多麼純粹。如初雪

2022.11.20.

# 小雪

你遲遲不肯說出寒
而誰不小心說出你的名
為了輕盈相遇
它付出整個冬天的代價
蓄下的滂沱禦不了冷
你看到一個人等了很久的雨
你看到人群中的一抹時有輕微的顫抖
凜冽的時刻排成陣容蒼華
後來她變得越來越美
自此未再相逢

2022. 壬寅小雪

# 我拎着星光和雨鞋

在冬天裏寫冬天
也寫，
花兒真美
是一場深切的忘卻
有
情節
悲歡
沉醉

2022.11.28.

# 無色之境

更多時候披着喧囂的外衣
萬物凋蔽在這裏只是傳説
一眼清澈的泉水
舊疾不癒致敬一場新夢
那位追雲的少年
揮墨宣佈一場盛大的季節
無色之境
許多幸福不能深究
依稀認出幾棵樹
並詢問它的抒情方式
後來
他們告訴我
有更乾淨的雨雪
與無限的長空風牽着風

2022.12.7.

# 大雪

幾朵雪花那麼多
也要走向春天
有時冬日下着夏季的雨
我有多年的藍裙頭髮長了
這些年月裏的天真。比她更長
大雪
你是全部意義
我們共同成全了一杯
既不言語也不沉默
你是一直用生命守望冬天的那個人

2022.12.7 壬寅大雪

# 冬至

季節終止流浪。
陽光虛空高蹈
找一個地方消磨它的餘生
冬深。慫恿一切的冷峻
連一片落葉都有鋒利的切入
與回憶一樣
為叩問現實浪擲多少時光
要醉就醉在故園的輕喚
只有你的目光是溫暖的
那是一件未完成的作品
我早已放棄漫長的沉默
春光的安慰

2022.12.22. 壬寅亞歲冬至

# 你允許寒冷的另一種舞姿

而我們主動明確冬，並接受了冬陽
所有人迷戀一個懸崖上的春天
以及輕淺的甜
我提着一個冬天的發生來到它的結束
幽暗在十二月的最後告別中輕微用力
你允許寒冷的另一種舞姿
總是想把快樂搗碎給人
許多年了你只是經過你自己
和偶爾望向深藍

2022.12 月末梢以冬

2023

# 元旦。辭

憑借凜冬。説出新年的開端
並沒有更新的事物
沒有不同的你。
把一段路走到盡頭
再重新仰望
也不懼怕
深潛大地的暗湧
三月、五月、十一月又都將到來
人間話語式的頓悟從不在現場
輕如髮絲以相同的弧度奔向你
枝椏的斷裂有劇烈的疼
甚至萬物生長都刺着痛
詩人説
新年説一聲「愛你」多麼幸福

2023.元月元日

# 一月的黎明

坐在一樹花裏
天邊飄過幸福的恍惚
坐在一幅画裏
季節向你獻上新的盛開
以及一月的黎明
今天以前
我們一直在遇見別人
你和此刻的炊煙目光相對
明日起重拾解讀快樂的能力

2023.1.4.

# 小寒

你欲言又止冷
你經過風卻沒有聽到風聲

2023.1.5. 壬寅小寒

# 而今

而今
我佇足的地方
已模糊了鄉愁的山頭
他們説春光將至
適合把愛過的人世再愛一遍

2023.1.8. 是日通關

# 深入深淵的深

高舉的火把
長在漫山遍野
如一條溪流溫柔的慘烈
緩緩輾過今生
那些飽滿的苔痕與暮色漸濃的他鄉
一朵大悲
一朵大喜
是的
黎明到來之前
我應該悄悄離去
遠去遠方的遠
深入深淵的深

2023.1.17.

# 大寒

這一站。年
告別霜雪
也許早把一冬良景辜負
流光拋卻
怕雨水打濕形而上的畫
它在燦爛地佈署自己的曠野
寒夜眷戀的留白並無新意
留給你接着忘記
要握住的詞語被火焰解密
坐下來談幾回時光
以花開描繪你春日面孔
你二月的心情落在九月的風口
大寒，窗外有心碎之雪
大寒，你想像的河岸虛無冷冽
大寒，是冬天最終的結案陳詞

2023.1.20. 壬寅大寒

# 初一。吉祥

回到樸素的一日
憶及一朵春光曾獨立蒼茫的橋頭
像嬰兒清亮的啼哭
枝葉留下宋詞的倩影
我們突出重圍熱烈擁抱假裝無淚
我感到無限春意。
新年快樂我愛

2023. 初一

# 誰站在道旁低眉

忽然間看到這斑駁春光
世上還有什麼景緻
比得上孤獨以孤獨相伴
快樂有了悲傷的理由
明日我將把你帶走

2023.1.25.

# 後來。我棄花而去

歌詞隱退。
舊年亦不記
竭盡全力
重新愛你一萬次
這個春天像極一個意義
像極西川寫出了「開花」

2023.2.4. 癸卯立春

# 元宵快樂

燈火的盛宴
拒絕仰望的想像
站在年的路口
它跟每一個人説元宵快樂
今天是哪一天
誰在朗誦着我們
你打破一隻杯子
卻留住了它的空
「光有愛是不夠的」
還要有不滅的火
誰都説自己是歷史的見證者
而你的記憶與你一樣倔強
你只承認自己遇過一陣風

2023.2.5.

# 黑駿馬

必須大聲呼喚，甚至嘶鳴
當晚風的燈束再一次被你緊握
一些熟悉而陌生的事物
視而不見。許久
多次抵近懸崖
壯烈的詩句搶在渡口
你是即將到來的三月
深情注視彼此的命運
準備接一隻蝴蝶走進一首小令

2023.2.12. 夜

# 所有人

今夜
所有人都來告訴我
你的消息
明日
所有的春天都將
獨自落下

2023.2.16.

# 短章一則

一次又一次描摹絢爛之間的淺笑
一遍又一遍清洗烙在遠山的飛翔
我沒有留住雨滴
也沒有寫下斜陽
凜冽似你
聲聲如慢
我一手握住虛無一手握住飄緲

2023.3.4.

## 誰。絕不輕易走進那個良宵

萬物生
你是埋伏在故事裏的劇毒
我知道三月比春風還短暫
但是
但是

2023.3.6. 癸卯驚蟄

# 一朵山茶花能記住的

辜負了春光，斷句與晚霞
「你和我一起辜負了我」
一朵山茶花能記住的
星空也記住了
而只有玫瑰
才能成為玫瑰
在你的敘述中
月牙兒變成月亮
俯視海上。熊熊大火
沉浸在風寒中的歌
被輕薄的流水傳唱
黑越暗，夜越明
你沒有一天不在努力
不成為一名詩人
這個三月剩餘的夢
此刻，夠不着你的孤絕蒼老
春風陡峭萬事唯空
寫下這些句子的尖葉已經離開

2023.3.10.（引號內為佩索阿句）

# 最迷人的是

你說到了那天傍晚的雲
幾朵寡言的浪花
那顏色不深卻涇渭分明的愛
一些美。早於世俗中下沉
倒影中有墮落的笑
像所有深刻的物事一樣
花開花落。和你，都在對岸

2023. 三月過半

# 春分

她建議晝夜平分
慫恿人們走出冬天
建議一邊告別一邊眷戀
那麼多的往日那麼多的故人
沒有回憶音訊全無
「看多了星星的人」，會懷念什麼
春日總困於打撈沉舟的願望
春深就把愛愛得更深
繁茂的夏天就在不遠處
從四面八方湧向我們

2023.癸卯春分（引號內為劉年句）

# 一滴

液體之火
攀登
一滴
之深進入夜的巔峰
退回時光
生活有頹廢之美
重新領會一些剛強的詞語
五彩琉璃杯中翻山越嶺
曲折綿長
蕩漾歸來的羞澀少年
與一滴對飲
詩意瘦。
比如蒹葭
比如在水一方
風吹你的名字
悸動默默深深漫漫

2023. 於三月

# 等

一池的歌
固執地等

# 四月辭

在樹林裏丟下尖刀與詩句
你持續陰鬱也保持晶瑩
這麼多年過去了
你談到生活時依舊火熱
春風是利器刺破僅餘的虛妄
人聲漸盛樹形已成
不需要陽光
眾神讀完所有的暗處
回到童年
經常打量的這個世界
確信早春幼稚
與成年人一樣的低級錯誤
遠望至高最美
更多的空更多
不值一顧的世間萬物

2023.4.1.

# 佔領春日所有憂傷的長勢

虛無的雨碎裂的折傘
我翻到第二十一頁
裝幀天涯不變的足印
漫長的念在遙遠之外

2023.4.5.（清明）

# 一些激烈的相信

我的小鎮容納
世間任何一種對白
回答眾多飄泊的生命
潔淨的夜晚
開滿玫瑰與月光
一些激烈的相信
掀起三千年的雲水之聲

2023.四月

# 穀雨

春天的最後判決
將一些哀傷擰乾
不顧做夏的序章
那就回到宋詞

2023. 穀雨的清晨

# 雨的斜肩

比以往任何時候都堅毅
默寫哪行哪句
你的手搭在雨的斜肩上
沒有開始和結束
到達不了大海
「也要讓雙腳伸入小溪」
直到天亮。良癒

2023. 穀雨

# 才華的匕首將一個夢攔在岸邊

如海水漸藍
藍成你的姓氏
可你說
這是深紅

2023. 四月

## 在你的眼裏安放一個有五月的春天

夜以盛開換流年半杯
樹披上一身青衣
準備一場曠世的散步

2023. 五月

# 立夏

似乎相同的夏以及涼
生出的火
更接近靈魂
越過寒冬的人
抬高生命的黑暗
將春天穿透
揮汗如雨

2023. 癸卯立夏

# 把轟烈寫成轟轟烈烈

用詞牌後的雨滴造一湖春釀
借入夜最後章節的亮光
一株樹木無聲落下
負着星星改寫它的餘生
再前一步
就是天涯
還是那片尖葉
把轟烈寫成轟轟烈烈
把冷夏碎成日落長河
所有往事被賦予了禪
留下淨。
你被月亮牽掛
被虛度喚醒

2023. 五月

# 一些

一切的書寫
都是良夜將熄
那個被稱作憂傷的遠方
被稱作黑夜的白晝
一些苦難多麼嘶啞、鎮靜

2023.5.

# 你攜過往所有沉默

和一切理由湧向我
這不想結束的藍
與岸無關的，幾千里。
一朵微笑
於各自的孤獨裏成全
走向深藍
同時結束了海

2023.5.18.夜題故鄉藍眼淚

# 彷彿

彷彿多出來的半生
愛得
人跡罕至
眾僧默默

2023.5 月

# 五月的最後一天在很遠
# 很遠的地方

十一點的時針穿透月亮
他們說
等待，也是擁有的一部分
沸騰的樹枝從來不需要方向
蝴蝶攜着自以為的幸福
不知忽略了多少個酷夏
忘記壯闊的謙卑忘記把夜點在一張有心事的
宣紙上

2023.5.31.

## 「請允許我在你歡笑的地方
## 落淚」

詩人寫過一切易碎的幸福
卻寫不了你
唯一的容顏
唯一的回眸
唯一的亮夜
我種下春天
以及花開的疼痛

2023.6.9.

# 飄

漫長的白天是過往
遙遠的記憶成曠野
世間擠滿了人
舉杯看見只是蒼涼無際
飄
你是堅貞的表達
晚風的相信
飄
你確信這是人生？

2023.6.13.

# 六月之味

我曾經用一鍋紅艷捕捉一首後現代
一扇從容而古樸的木門
推進一張著名而恬淡的臉孔
藍衣律動六月滋味
壯麗的山河
也驚艷你清澈的美麗
窗外飄着細雨
人間沸騰着煙火
排浪般傾聽午後對話
所有的暮色指向一場夢
我們話別
然後記住形而上的陽光與飽滿

2023.6.15.

# 夏至

盛夏總想努力寫成劇冬
輕輕見面是一種路徑
修訂過風的方向
就像天空的沉默不需要內容
夢與鏡子互為戒律
海岸的艱辛與歌哭中
你終於停在這夜
一眼萬年
一路白首

2023. 癸卯夏至

# 盛夏狂熱的大海上

風雲猛烈只吐露極簡的幾個字
給它一生留下巨大的空白
這多雨而嫻靜的世間只能淺嘗
有着共同的悲涼
意義活成了一種存在。
不存在的你為什麼被畢生尋找
人們總是像相信 30 度的七月一樣
相信遼闊明媚的明天一定會到來
一如那縷曾拯救過一首詩的晨光

2023.7.

# 如同暴風的天涯海角

手中的利刃
劃下一道一道山嵐的風骨
它必然為理想的鋒芒難過
記得曾提起過雪
然後充滿冰冷的甜蜜
如同危險的暴風
遠古的淚。溢出江河湖海
今天起
種下寒冬臘月
種一棵或無數棵天涯海角

2023.7. 過半

# 煙嵐與你憂鬱的雪茄

以此記誦今夕何年
一位舊人立在樹下
於暗處編織綿長的詩繩
是煙嵐與你憂鬱的雪茄
寬恕人間的為難
空瓶子裝着自顧自的花
也裝着空空的手勢
打開時光。碾轉成滾燙的冷靜
止水於秋子的長髮
半闋小令誤傷薄薄的影子
喝下雨與星辰
回到最初
我與另一個我對飲
想你。並賦起秋葉

2023.8.18.

## 後記：四季花火，有你共鳴

萍兒

從小喜歡捕捉生命中許多剎那感動，一去不復返的珍貴瞬間，所以喜歡詩歌也就成了必然，慶幸的是除了喜歡，還能抒寫。

詩歌對於每個喜歡她的人的意義都不同，她抵達未知，也抵達無限；她撫慰人生，也刺痛往事；她時時不請自來，喚醒內心驚雷，陪伴奔波旅途，叩問沒有答案的人生。

自少年時期在香港報章發表第一首詩作以來，一直未中斷過與詩歌的深情糾纏，在繁忙而喧囂的日常，任她鄭重溫柔地在筆下開放，清淨一路走來的困惑、疲憊和迷惘，不放棄對生活的信任，對萬物的期待。

一路走來，始終有你。

感謝潘耀明會長令人感動的序言。共同努力籌建香港文學館的漫漫路途，本身就是一首壯麗的長詩。

許多詩作靈感來自浪漫的大也堂。感謝大也堂堂主林天行主席依然絢爛奔放深沉的畫作，令無色之境更為靜謐純粹。

感謝華夫，他越來越忙，但總能深刻地指出我詩作的美好與不足，也總能在寫詩的地方找到我。

感謝香港作家出版社特邀責任編輯蒙憲先生，他的專業與認真讓我想到下一本詩集還交給他。感謝

封面設計師李尤颯女士，香港作聯秘書梁妙娟女士。

感謝我所在機構的領導、同事們多年的關愛與鼓勵。

從相信一場雪的天真到無色之境，感謝默默久久讀我詩的你。

謝謝你，歲月悠長，情義無價。

因為平日繁忙，許多詩都發生在很深的夜裏。譬如想獻給你們的這首：

止住草木的憂傷／止住世俗的囂叫／我準備了一個夜色濃烈的花園／因為回到你的身邊／而容下整個天空／那些細緻的花葉／正沉浸在瑰麗的餘生／即將躍進春光／理解離別的倉促／與被貶回凡間的夢想⋯⋯

新詩集出版之際，香港文化事業的佳音頻傳，這裏將是一座瑰麗而迷人的花園。一些人間的風景無法複製，走進沉默的時光，你有多熱烈啊，這大地隱忍的劍傷與慰藉。

縱有千般風情更與誰人説。重整心靈內容，夢中河山。

四季花火，有你共鳴。

於癸卯深秋
2023.10.30

# 萍兒詩集：無色之境

作　　者：萍　兒

插　　畫：林天行

特　　邀
責任編輯：蒙　憲

封 面 及
版式設計：Yousa Li（李尤颯）

出　　版：香港作家出版社有限公司

地　　址：香港柴灣嘉業街 12 號百樂門大廈 12 樓 1211 室

電　　話：2891 3443　傳真：2838 0160

電子郵箱：hkwriters381@yahoo.com.hk

發　　行：香港聯合書刊物流有限公司

地　　址：香港新界大埔汀麗路 36 號中華商務印刷大廈 3 字樓

電　　話：2150 2100

版　　次：二〇二三年十一月第一版

ＩＳＢＮ：978-962-81151-7-4

承　　印：天虹印刷有限公司